LA PROSTITUÉE DEVENUE HONNÊTE-FEMME.

LA PROSTITUÉE DEVENUE HONNÊTE-FEMME.

Roman moral et philosophique ;

Contenant des réflexions sur les causes de la prostitution et de la dissolution des mœurs ; ruses et stratagêmes des filles d'amour ; dangers auxquels s'exposent la jeunesse et les étrangers qui les fréquentent ; etc.

A PARIS,

Au Magasin de Librairie, rue de la Parcheminerie, au coin de celle St.-Jacques, N°. 184.

1802. — An X.

Je le fis asseoir pour entendre ses propositions.

AVANT-PROPOS.

Les grandes vérités, présentées sous les formes les plus simples, font une impression plus vive, et laissent dans le cœur des traces plus profondes que celles qu'on annonce avec faste et prétention. Des maximes parsemées dans un récit qui plait ou intéresse; des réflexions qui semblent naître du fond du sujet, qui prennent leur source dans les événemens mêmes, et ne montrent aucune intention, aucun projet d'instruction, ressemblent à ces rayons lumineux, qui, perçant les nuages dont ils sont enveloppés, répandent une clarté plus vive et une chaleur plus brûlante.

Le chantre célèbre de l'Italie, après avoir dit que la vertu, ornée de tous les agrémens dont l'imagination et la magie du style peuvent l'embellir, attire et soumet les plus rebelles, employe cette comparaison remplie de charmes :

Cosi all'egro porgiamo aspersi,
Di soavi liquor gli orli del vaso,
Succhi amari, ingannato intanto ei beve,
E dell'inganno suo vita riceve.

Pour profiter de la leçon de ce grand homme, essayons de faire avaler la liqueur amère, en frottant les bords du vase avec une liqueur douce: empruntons l'organe enchanteur d'une nymphe de Cithère, qui après avoir sacrifié sur les autels de Vénus, brûle de l'encens sur les autels de Minerve, et nous rappelle à la vertu par ses conseils et son exemple.

C'est en parcourant le cercle des faux plaisirs qu'elle en a connu le vide et la satiété; c'est après que son ame a été accablée par le poids de la dépravation, qu'elle a savouré avec plus de délice la douceur inexprimable d'une vie tranquile, exempte de reproches, et qui, employée à la pratique de ses devoirs, peut seule conduire au vrai bonheur. Chaque désordre particulier forme nécessairement la masse du désordre général, et la masse du désordre général contribue ensuite au désordre particulier; de sorte qu'ils agissent l'un par l'autre, et se propagent à l'infini. Les caractères s'énervent, les constitutions s'affoiblissent, les empires deviennent chancelans; et lorsque la corruption est parvenue au dernier période, que l'édifice moral est, pour ainsi dire, renversé, il survient une crise, une révolution qui détruit ou rétablit entièrement le corps politique : quelquefois des esprits ambitieux abusent des circonstances ; et, pour donner des fers à leur patrie, ils font couler le sang humain, et portent par-tout la tyrannie et l'oppression. On ne sauroit employer trop de moyens pour prévenir de pareilles catastrophes, et le but de cet ouvrage seroit rempli, s'il inspiroit le dessein de s'occuper d'un objet aussi important, et de le présenter sous tous les rapports et sous toutes les formes possibles. Un objet de cette importance mérite d'exciter l'atciter l'attention la plus sérieuse.

C'est un sujet d'émulation bien flateur pour les hommes célèbres qui peuvent lui consacrer leurs talens et leurs lumières; le service qu'ils rendroient à la société, leur assureroit d'avance l'admiration, l'estime et la reconnoissance de la postérité.

LA PROSTITUÉE DEVENUE HONNÊTE-FEMME.

ENSEVELIE dans une retraite profonde, versant chaque jour des larmes amères sur les débordemens de ma jeunesse, je crois ne pouvoir mieux expier mes fautes, qu'en les avouant avec cette candeur et cette franchise qui naissent d'un repentir sincère. Je vais sonder les replis les plus cachés de mon cœur; je dévoilerai les perfidies et tous les excès auxquels peuvent se porter les femmes, qui, ayant brisé les digues de la pudeur et de l'honnêteté, ont su se faire un front qui ne rougit plus, et sont devenues, par gradation, capables de tous les excès je joindrai à ce recit, celui de la crédulité et de la foiblesse des hommes : je croirai avoir beaucoup fait si je parviens à en sauver un seul de l'abîme ouvert sous ses pas, à lui conserver son honneur, sa fortune, à le ramener à son épouse, à ses enfans, qui lui tendent les bras : je m'applaudirai de mon ouvrage, si l'histoire d'une vie agitée, dans laquelle je n'ai jamais goûté le véritable bonheur, peut être de quelque utilité aux jeunes personnes de mon sexe, qui, dans cet âge où la voix de la nature et des passions se fait entendre, se livrent trop facilement aux impressions d'une sensibilité qui les égare, et les conduit au comble de l'infortune, par un chemin parsemé de fleurs. Cette époque, la

plus

plus intéressante de la vie, decide de toutes nos actions. Que de femmes ne sont parvenues au dernier degré du crime que parce qu'elles ont commis une faute sur laquelle elles n'ont pu revenir ! Il y auroit moins de corruption, si l'on avoit plus d'indulgence pour les premières foiblesses. Il est possible que des êtres aussi malheureux que coupables, fussent devenus des épouses fidèles, des mères de famille respectables et attachées à leurs devoirs, si, dans le principe, on n'avoit pas flétri leur ame. Cette grande vérité, que je n'avois fait que pressentir, m'a été confirmée par mon exemple : j'étois née pour aimer et pratiquer la vertu ; et si, après avoir fait le premier pas dans le sentier du vice, j'avois trouvé des parens consolateurs qui m'eussent plainte autant qu'ils m'ont condamnée, je me serois arrêtée. Avec le langage et l'expression de l'amitié, on m'eût ramenée facilement dans l'ordre moral, tandis que le soin de m'avilir à mes propres yeux, en me présentant le tableau affligeant d'un déshonneur et d'un mépris éternels, m'a fait rompre tous les liens qui pouvoient me contenir, et m'a livrée toute entière au torrent impétueux des passions.

Une charmante figure, de l'esprit, et toutes les graces de mon sexe, furent les dons que je reçus de la nature, je ne tardai pas à sentir tout le prix de ces avantages; et le desir de plaire étant secondé par les moyens les plus puissans, tous les yeux furent fixés sur moi.

De toutes les jouissances que nous pouvons goûter dans ce monde, celles de l'amour-propre, sont peut-être les plus vives; elles tiennent sans cesse nos sens en activité, elles sont, pour ainsi dire, identifiées avec notre pensée, elles chatouillent délicieusement notre ame, et le passé, le présent et l'avenir, servent également à les prolonger. Ces jouissances firent le charme des premiers instans de ma vie. Satisfaite des hommages qui m'étoient rendus, comptant les journées par des victoires, et portant le trouble et le désordre dans tous les cœurs, j'avois conservé ma liberté, sans chercher ni fuir les occasions de la perdre. O temps heureux! que ne puis-je vous voir renaître! Vous avez passé avec la rapidité d'un éclair: je n'ai connu votre perte que lorsqu'elle à été irréparable, et tous mes regrets ont été superflus.

Il est difficile de naviguer longtemps dans une mer orageuse sans essuyer des tempêtes. Le calme profond dans lequel je vivois, fut troublé tout-à-coup par le besoin d'aimer: tous les êtres qui respirent sont soumis à ce besoin impérieux, et c'est en vain qu'ils voudroient s'en défendre. Parmi les hommes dont j'avois mérité l'attention et captivé les suffrages, je distinguai le jeune Gréville. Il étoit dans cet âge heureux où, par une magie inconcevable, les ridicules et les défauts même deviennent des agrémens et des moyens de plaire. Vif jusqu'à l'étourderie, ayant une ame de feu, et possédant par-dessus tout l'art de peindre ses sentimens avec cette énergie qui intéresse et persuade, je l'écoutai avec complaisance. Insensiblement ses entretiens eurent pour moi un charme ravissant; et tandis que je croyois n'accorder des préférences qu'à son esprit, je sacrifiois à son cœur, et j'avalois à longs-traits le poison dont je devois être la victime. Gréville s'apperçut facilement de l'impression qu'il m'avoit faite : elle augmenta ses moyens, en augmentant son espoir. Un homme acquiert sur nous un avantage considérable, dès qu'il commence à découvrir le germe de notre foiblesse. La certitude du triomphe donne de l'activité à tous les ressorts qu'il met en usage pour nous séduire : la défense est moins vive, à proportion que l'attaque est plus forte, et la chûte devient inévitable. Une femme qui veut conserver son innocence et sa vertu, doit éviter les premiers piéges qu'on cherchera à lui tendre ; si elle compte assez sur ses forces morales, pour se présenter dans l'arêne avec l'espoir de la victoire, sa défaite sera presque toujours la suite de sa témérité.

Gréville avoit de fréquentes occasions de me voir, et n'en laissoit échapper aucune. J'avois perdu, pour mon malheur, l'auteur de mes jours. Il me restoit une mère, qui, avec des principes honnêtes, avoit des idées extrêmement rétrécies; c'étoit un de ces êtres dont la vertu n'a rien d'aimable, et qui, s'il étoit possible, la feroient haïr par les couleurs dont ils la peignent. Dominée par la passion du jeu, elle y sacrifioit ses momens de loisir. A peine étoit-elle dans un cercle, que ce frivole et dangereux amusement venoit l'occuper, et j'étois entièrement oubliée. Que de mères ont de pareils torts à se reprocher! C'est alors que de jeunes beautés cherchent à se dédommager de la gêne qu'elles ont éprouvée, et abusent de leur liberté. Des confidences indiscrètes de la part des femmes, des propos galans et passionnés de la part des hommes, s'insinuent dans leur cœur, et y laissent des traces profondes; quelquefois même il s'y mêle des discours licentieux, qui les enhardissent et les disposent à la séduction.

C'est avec une éloquence insidieuse que Gréville trompa ma vigilance, détruisit mes principes, et me détermina, par gradation, à lui faire tous les sacrifices qu'il desiroit. Je rougis d'avance de l'aveu que je vais faire; mais ce sont mes confessions que j'écris; et ayant déchiré, dans ce moment, le voile ténébreux qui m'a aveuglée pendant si long-temps, je ne rappelle ma conduite passée que pour la détester. Trop heureuse, si je n'avois à me reprocher que cette première faute, à laquelle l'amour auroit pu servir d'excuse; ce qui me rendroit moins coupable.

Mon amant exigea une entrevue secrete et voulut s'introduire dans mon appartement pendant la nuit: cette proposition m'avoit d'abord révoltée; j'avois résisté avec fermeté; mais que ne peuvent pas les persécutions d'un homme qu'on adore, et à qui on a eu la foiblesse de l'avouer! ... Gréville bouda, se fâcha, pleura; en m'abordant, il étoit pâle et défiguré; sa mort devoit être la suite de mes refus. Il me jura tant de fois qu'il ne feroit auc'un outrage à ma vertu, qu'à la fin je le crus et je cédai. L'entreprise étoit difficile ; je couchois dans la chambre de ma mère ; il s'agissoit de saisir l'instant où elle seroit plongé dans un profond sommeil, d'ouvrir plusieurs portes, de m'abandonner au caprice du hazard et à tous les dangers qui en étoient inséparables: ces inconvéniens furent mis en balance avec le desir de satisfaire mon amant ; mais l'amour, qui se plait à applanir toutes les difficultés, à surmonter tous les obstacles, m'inspira le courage dont j'avois besoin, et me soumit à ses lois. Je fis tout ce que voulut Gréville, il se trouva dans mes bras: je tremblois de tous mes membres. Une voix intérieure me crioit sans cesse que je devenois criminelle, et je fus convaineue qu'il en coûte plusqu'on ne pense de renoncer à ses devoirs. Gréville tâchoit de me rassurer par l'aveu de sa tendresse et de son respect; ses intentions étoient pures ; il ne vouloit pas me tromper; mais il se trompoit lui-même. Toutes les heures de la nuit s'écoulèrent sans que nous nous en fussions apperçus; et le jour, qui commençoit à paroître, annonçoit le signal de la retraite : cette séparation nous coûtoit infiniment, et nous ne pouvions nous y résoudre ; il nous sembloit que nous serions des siècles sans nous revoir, et mon amant me pressant dans ses bras, imprimoit sur mon visage des baisers de feu, qui firent passer le désordre dans mon ame ; je fus plongé dans une espèce d'ivresse, qui absorba tous mes sens, et je n'ai conservé le souvenir de ce qui se passa dans ce fatal moment, que par les suites qui en résultèrent. O vous qui avez un cœur sensible, que vous êtes insensé, si vous comptez sur la force de votre raison, pour vous sauver du danger ! n'en accusez pas la nature ; elle ne vous a fait trop foible pour sortir du précipice, que parce qu'elle vous avoit fait assez fort pour n'y pas tomber : maxime sublime d'un écrivain philosophe, qu'on ne sauroit trop répéter, et qu'on devroit sans cesse avoir devant les yeux,

Lorsque Gréville m'eut quittée, je sentis vivement toutes les conséquences de la faute que je venois de commettre ; je versai un torrent de larmes ; et à la jouissance d'un instant, succéda un tourment qui durera toute ma vie. Ma mère s'apperçut de mon trouble; une indisposition me servit de prétexte; je gardai le lit et la chambre pendant plusieurs jours, et je m'abandonnai aux réflexions les plus tristes et les plus douloureuses. Il se joignit une véritable maladie à celle que j'avois feinte. Je commençai à pressentir le malheur que je redoutois, et des signes certains me le confirmèrent. Cette découverte rendit ma position affreuse, et me fit tomber dans le désespoir. Gréville se présentoit à mon imagination sous les formes les plus hideuses. Je ne trouvois en lui qu'un scélérat qui, abusant de ma foiblesse, n'avoit pris le masque de l'amant le plus passionné et le plus vertueux, que pour me ravir l'honneur et l'innocence. Bientôt après mon cœur cherchoit à l'excuser : je le voyois dans mes bras, aussi tendre aussi aimable qu'il me l'avoit toujours paru, recevant avec transport les caresses qui faisoient son bonheur; alors je lui sacrifiois le mien avec délice, et le gage de son amour me devenoit précieux. Trop douce et trop cruelle illusion! votre charme ne fut pas de longue durée; il fut détruit tout-à-coup par le sentiment pénible de mon infortune.

Je passai quelque temps dans un état de perplexité accablant, me dérobant à tous les regards, fuyant la lumière, détestant la nature entière, me détestant moi-même, désirant la mort, et ignorant toujours le parti que je devois prendre. Ma mère m'accabloit de questions; l'embarras de mes réponses, le dépérissement de ma santé, lui donnoient des inquiétudes; et un jour m'ayant poussée vivement sur ces divers objets, je lui fis l'aveu de ma foiblesse ; je lui racontai également tout ce qui l'avoit précédée, et mon récit fut suivi de l'expression de ma douleur. Mon repentir et mes larmes étoient sincères ; elles portoient un caractère de vérité qui auroit dû la toucher ; mais elles devinrent inutiles, et les outrages les plus sanglans, les traitemens les plus durs, furent la suite de ma confiance. Ma mère ne trouvoit pas de termes assez forts pour me peindre son ressentiment : cela ne lui suffit pas ; j'étois un monstre qu'il falloit dévouer à un opprobre éternel, et mon secret fut bientôt divulgué.

Il est des esprits foibles qui trouvent du plaisir à exciter la pitié, et se livrent, sans aucun choix, aux premières personnes qui feignent de partager leurs chagrins, et semblent les plaindre. Ma mère étoit de ce nombre : elle croyoit avoir une foule d'amis, et tous devinrent ses confidens. Elle consulta principalement un de ses parens, qu'elle aimoit avec passion : c'étoit un faux dévôt, qui, avec les dehors imposans de l'honnêteté, et le masque de toutes les vertus, avoit su usurper l'estime publique. Ces sortes de caractères, très-indulgens pour eux-mêmes, sont extrêmement sévères pour les autres, et ne connoissent que la verge de fer. Qu'ils sont différens, ces êtres, de ceux que la vraie religion inspire, dont le souffle bienfaisant ranime l'espérance détruite, relève le courage abattu, et vous ramène dans la route du bonheur !

M. Tessier m'avoit trouvée aimable, et me l'avoit dit. Des discours captieux et indécens de sa part n'avoient servi qu'à me dévoiler les replis de son cœur vicieux. Un homme de cette trempe n'ayant pu me séduire, devoit me détester, et devenir mon plus cruel ennemi; je lui fournissois une belle occasion pour exercer sa vengeance; il ne manqua pas de la saisir; il fut excité également par des vues d'intérêt viles et méprisables; et, avec de pareils motifs, de quoi n'étoit-il pas capable? Après avoir échauffé le ressentiment et l'indignation de ma mère, il lui proposa de me faire conduire dans une terre qui lui appartenoit, où j'attendrois le terme de ma grossesse, et ensuite de recourir aux moyens de me faire enfermer dans un couvent pour le reste de mes jours. Ma mère fut enchantée de ce conseil; il lui parut inspiré par la divinité même, et on ne tarda pas à le mettre en exécution. Me voilà arrivée dans le château de M. Tessier, retenue dans un appartement d'où je ne pouvois sortir, et confiée à la garde de deux Argus, dont le silence, et les figures austères ne pouvoient m'inspirer que la tristesse et l'effroi. Cette solitude profonde, cet abandon général, convenoient parfaitement à ma situation, et il me sembloit que j'étois moins malheureuse. Lorsque l'ame est dégradée par un crime réel ou de convention, il faut fuir tous les regards; on rencontre par-tout des juges sévères, qui vous condamnent; et l'arrêt dicté par l'opinion publique, est le supplice le plus redoutable. J'aimois la lecture passionnément: quelques livres que je trouvai, charmoient mes ennuis. Mes idées étoient tellement confuses, elles se succédoient, se heurtoient si rapidement, que j'avois de la peine à les distinguer. Gréville se présentoit sans cesse à ma pensée; je cherchois à l'en éloigner, et je formois souvent le projet de l'oublier entièrement, mais plus souvent encore je me repaissois de son image; je me rappelois avec délice toutes les époques, toutes les gradations de sa tendresse, jusqu'au moment cruel où j'avois perdu mon bonheur en perdant mon innocence; et alors des larmes remplies d'amertume couloient de mes yeux. Un jour, pendant que j'étois livrée à ces assauts de sentimens et de sensations; je vis paroître M. Tessier; je ne fus ni surprise, ni effrayée de sa présence, et aucun mouvement ne lui annonça ce qui se passoit dans mon ame; il m'aborda avec

un air doux et bénin (1), et me dit combien il étoit affecté de la sévérité qu'on exerçoit envers moi; que, quelque grande que fût la faute que j'avois commise, Dieu étoit bon, et savoit pardonner; que ma mère ne s'étoit pas contentée de me perdre de réputation, en faisant connoître mes torts, mais qu'elle m'avoit déshéritée, avec le projet de me cloîtrer pour le reste de mes jours. » Elle m'a forcé, ajouta-
» t-il, à accepter une donation de tous
» ses biens, et il ne tient qu'à vous
» que je vous fasse recouvrer votre
» fortune et votre liberté. Je me suis
» prêté à tout ce qu'elle a exigé de
» moi, dans l'intention de vous servir.

Le ciel est dans ses yeux, l'enfer est dans son cœur. La Henriade, *Port. de l'Hypocrite.*

» Vous savez combien vous m'êtes » chère ; je vous aime de l'amour le » plus tendre et le plus passionné : il » y a long-temps que je vous en ai » fait l'aveu ; et, si vous voulez y ré» pondre, si vous daignez avoir quel» ques complaisances pour moi, de » l'état déplorable où vous êtes ré» duite, vous passerez au comble du » bonheur. Votre mère fera tout ce » que je voudrai ; vous habiterez ce » château, non comme prisonnière, » mais comme souveraine, et vous y » disposerez de tout ; je serai le pre» mier de vos serviteurs, et le plus » empressé à remplir vos desirs. » En finissant ce beau discours, M. Tessier s'attendrissoit et me prenoit la main, en me regardant avec des yeux, dans lesquels les sentimens de son lâche cœur étoient peints de manière à ne pouvoir s'y méprendre. » Monstre, lui répondis-je, crois-tu m'en » imposer par ce discours artificieux; » c'est toi qui as irrité ma mère contre » moi, et tu ne l'as portée à cet excès » de sévérité, que dans l'espérance » de profiter de mes malheurs, pour » satisfaire tes infâmes désirs; mais tu » t'es trompé; il y a long-temps que je » te connois, et que tu m'es odieux. » Si j'ai commis une faute, l'amour » est mon excuse, et je ne suis pas » encore avilie à mes yeux; je deviendrois méprisable, et me ferois horreur, si j'avois la foiblesse d'écouter tes propositions. Garde mon » bien, puisque tu as eu l'adresse de » l'usurper, et dépouille-moi pour » enrichir tes enfans. La retraite n'a » rien d'effrayant pour moi; tout ce » que je te demande, c'est de me

» délivrer de ta présence, que je ne » puis plus supporter ».

On doit se peindre l'étonnement et l'embarras de Tessier. Un fourbe est timide et rampant, lorsqu'il se voit démasqué; et ce n'est que de loin, et avec des ressorts cachés, qu'il court à la vengeance. Celui-ci eut la bassesse de se mettre à mes pieds et d'embrasser mes genoux, avec le ton d'un criminel qui implore sa grace. Je me levai, et le laissai dans cette posture humiliante; alors il prit son parti, et me quitta sans prononcer une seule parole. Lorsque je fus seule, je réfléchis sur ce qui s'étoit passé; et après que les premiers feux de ma colère furent éteints, je me blâmai de ma franchise; je sentis que, dans ma position, je devois ménager un homme qui avoit tout pouvoir sur l'esprit de ma mère, et devenoit l'arbitre de mon sort : ce n'est pas que je fusse dans l'intention d'écouter plus favorablement son hommage, et de sauver ma liberté par une action lâche ; mais je pouvois ne pas le rebuter, lui faire entrevoir quelque lueur d'espérance, gagner du temps, et attendre une révolution heureuse. Il m'étoit permis de tromper, jusqu'à un certain point, un scélérat qui m'opprimoit pour me séduire. L'idée de renoncer au monde à dix-huit ans, et d'être ensévelie pour le reste de mes jours, commençoit à contrister mon ame. Dans l'instant qu'on éprouve un grand malheur, qu'on est affecté d'un chagrin violent, tout paroît possible ; les plus grands sacrifices ne coûtent rien ; on les désire, on les recherche ; mais dès que les traits de la douleur viennent à s'émousser, la manière de voir, de sentir, varie en même proportion; et lorsqu'on a eu l'imprudence de prendre un parti sur lequel on ne peut revenir; on passe sa vie dans le repentir et dans les regrets. Ayant fixé mon esprit sur ces diverses considérations, et les ayant combinées sous tous les rapports, je pensai à réparer ma faute. Tessier n'avoit pas reparu; mais un signe de ma part l'auroit bientôt ramené. Je ne pouvois douter qu'il n'eût des relations fréquentes avec les gens qui me servoient, qui lui étoient dévoués; et ce fut à l'un d'eux que je montrai le désir de le revoir. Ce que j'avois prévu ne manqua pas d'arriver, et peu de temps après, je fus satisfaite. Son abord annonçoit plus d'embarras que de rancune. A son aspect, je ne pus me défendre d'un frémissement qui m'auroit décelé peut-être, s'il avoit été remarqué par des yeux plus clairvoyans. » Lorsqu'on a eu des torts, « Monsieur, lui dis-je, on ne doit pas » rougir de les réparer. Je me suis » livrée envers vous à un emporte- » ment injuste et déplacé.... Je vous » ai accablé d'injures dans le temps » que je vous devois des remercî- » mens. Je vous prie d'avoir de l'in- » dulgence pour une infortunée, dont « la tête n'est pas libre, dont les » idées ne sont pas nettes, et qui ne » fait plus que gémir et répandre » des larmes. » Ce discours produisit tout l'effet que j'en attendois; il fit renaître l'espoir dans le cœur corrompu de l'amoureux tartuffe. Déjà il contemploit sa victime, et dévoroit d'avance une proie qui sembloit tomber dans ses filets. » Est-il bien vrai,

» ma chère Émilie, que vous com-
» mencez à sentir le prix de mes ser-
» vices, et l'injustice de vos procé-
» dés : je n'en conserve aucun sou-
» venir, et je ne serai occupé qu'à
» vous donner des preuves de mon
» attachement. Si vous y répondez
» comme je le désire, il n'y aura
» rien que je ne fasse pour vous....
» — Je vous crois trop délicat, Mon-
» sieur, pour vouloir abuser de ma
» situation, et pour ne pas chercher
» à mériter un sentiment, qui ne peut
» flatter qu'autant qu'il part d'un
» cœur libre et indépendant. Pour-
» rois-je, sans vous offenser, me li-
» vrer à un nouveau penchant dans
» l'état où je suis? Ne vous mettrois-
» je pas dans le cas de douter de ma
» bonne foi? Laissez-moi oublier
» celui qui fut la cause de mon er-

» reur, et me délivrer en même-tems
» d'un fardeau qui peut me la rappe-
» ler à chaque moment : gagnez ma
» confiance par celle que vous aurez
» en moi ; tâchez d'adoucir mon sort
» par tous les moyens qui dépendront
» de vous, et attendez les effets de
» ma reconnoissance. «

Si j'avois montré un changement trop subit ; si, de l'expression de la haine, j'avois passé à celle de l'amour, sans aucun intermédiaire, sans aucune gradation, je lui aurois inspiré une juste méfiance, et mon but étoit manqué. Tessier donna dans le piége ; il crut que je voulois composer avec lui, et mes conditions lui parurent raisonnables. Aveuglé par sa passion, il se fit une entière illusion : dès ce moment, tout ce que je pouvois desirer me fut procuré ; il me visitoit souvent, et je sortois avec lui toutes les fois que je le lui demandois. On doit bien prévoir que son projet n'étoit pas de me raccommoder avec ma mère, et de me faire rendre ses bonnes graces ; il vouloit me garder chez lui sous divers prétextes qu'il auroit fait approuver, et me réservoit à ses plaisirs. Tous ses desseins m'étoient développés dans nos conversations, et je paroissois les approuver. Cependant le terme de ma grossesse arriva ; j'eus tous les secours nécessaires, et je mis au monde un enfant qui ne vécut que quelques heures : il fut la victime de mes chagrins ; et, dans ce moment, j'en éprouvois un que je n'avois pas encore senti, et qui fut bien vif, la nature ne perd jamais ses droits ; ils sont indépendans des établissemens humains, et de tous les devoirs de convention. A peine je commençois à me rétablir, que les persécutions de Tessier devinrent plus pressantes que jamais; ce qui m'obligea à penser sérieusement au parti que je devois prendre. Si ma raison eût été plus formée, je n'aurois pas balancé un seul instant; il n'y en avoit qu'un de convenable: il falloit chercher à le démasquer aux yeux de ma mère, en me procurant des témoignages et des preuves qu'elle ne pût pas méconnoître, ensuite me jetter à ses pieds, et obtenir mon pardon par mes larmes et mes caresses. J'avoue que ce parti ne me vint pas dans l'idée, et que d'ailleurs il m'en auroit coûté infiniment de reparoître devant ma mère. Tous mes desirs se bornèrent à instruire Gréville du lieu de ma retraite, qu'on avoit eu soin de tenir secret, et à m'abandonner à ses conseils. La confiance de Tessier commençoit à être entière; les moyens d'écrire m'avoient été accordés : je me promenois quelquefois sans lui, avec l'une de mes gardes; et celle-ci, qui suivoit les dispositions de son maître, n'étoit pas toujours à mes côtés. Je parvins enfin à faire passer une lettre à Gréville par un berger, à qui je promis une récompense honnête, s'il pouvoit me remettre la réponse sans qu'on s'en apperçut. Je m'étois adressée à un messager adroit; et le soir même, un peu avant dans la nuit, ayant entendu du bruit sous mes croisées, j'y volai, et j'entrevis un homme qui avançoit vers moi un long bâton, au bout duquel je trouvai cette réponse si désirée. Elle m'apprit que Gréville n'avoit jamais cessé de m'adorer ; que mes malheurs et mon absence l'ayant mis dans le désespoir, avoient pensé lui coûter la vie, et que, sous peu de jours, il espéroit m'enlever, étant secondé par notre confident, avec lequel il avoit concerté son projet. La lecture de ce billet me causa des transports de joie que je ne saurois exprimer. Me trouver libre, et dans les bras de mon amant, me paroissoit un bonheur dont la seule idée me mettoit dans l'ivresse. Insensée que j'étois ! Je ne voyois pas que je courois à ma perte, et je me réjouissois d'un événement qui me préparoit un deshonneur et une honte que mes pleurs ne pourront jamais effacer, et dont l'impression a fait à mon ame une plaie qui saignera jusqu'à mon dernier soupir.

J'écrivis sur-le-champ quelques lignes, que je remis au cher messager ; je marquois à Gréville qu'il me trouveroit disposée à le suivre jusqu'aux extrémités du monde, et que le moment du départ ne seroit pas aussi prochain que je le désirois. Tessier, dont les visites devenoient de plus en plus fréquentes, appercevant dans mes discours et mes actions des signes de satisfaction qu'il n'avoit pas encore vus, les jugea d'un augure favorable pour lui, et se persuada que l'instant de son triomphe n'étoit pas éloigné. Je le confirmai dans cette erreur ; j'avoue même que j'y mis de la méchanceté, afin de rendre la raillerie plus piquante. Je reçus un nouveau billet, qui m'annonça que, dans la nuit qui devoit suivre, le grand projet de mon enlèvement seroit exécuté. Tessier passa une partie de la journée avec moi ; et, pour la dernière fois, je pris la liberté de le jouer d'une manière distinguée. Je lui lançois des regards qu'il trouvoit tendres et enflammés : de légers mouvemens occasionnés par ma respiration, lui paroissoient des soupirs profonds qui annonçoient ma défaite : il la croyoit si prochaine, qu'en me quittant, il ne put me dissimuler sa surprise de voir son bonheur retardé. Dès que je me trouvai seule, je préparai tout ce qui m'étoit nécessaire, et j'attendis mes libérateurs avec impatience. Vers le milieu de la nuit, tandis que les habitans du château goûtoient les charmes du repos, que Tessier, plongé dans les bras du sommeil, et livré à une douce rêverie, étoit peut-être agréablement agité par l'image des plaisirs dont il espéroit jouir à son réveil, le signal convenu vint frapper mes oreilles. Une échelle fut adossée au mur, et Gréville se trouva dans ma chambre, avant que j'eusse eu le temps de l'appercevoir. Il est des positions qu'on ne sauroit rendre, et qu'il faut éprouver; celle-ci étoit du nombre : l'expression des sentimens qui nous unissoient ne dura pas longtemps; elle fut retenue par de grands intérêts, dont notre amour étoit l'objet. Gréville m'apprit en peu de mots qu'une chaise de poste nous attendoit à quelque distance; qu'il s'étoit pourvu d'une somme d'argent assez considérable, et que la mort seule pourroit nous séparer. Nous nous hâtâmes de descendre par l'échelle, avec l'aide du serviteur fidèle qui se chargea de mes paquets; et, ayant gagné la voiture, nous nous séparâmes de lui, après lui avoir donné les justes témoignages de notre reconnoissance. Me voilà dans les chemins, seule avec mon amant, fuyant mes parens et ma patrie. J'entends un lecteur sensé, qui me crie : Imprudente ! où vas-tu ? quelles sont tes espérances? que feras-tu lorsque les ressources de ton amant seront épuisées ? peux-tu te flatter qu'il t'aimera toujours, et qu'il ne t'abandonnera pas ? pourra-t il se soustraire lui-même aux recherches qu'on ne manquera pas de faire ? Alors la misère ou l'infamie deviendra ton partage. Vous avez raison, ami lecteur, mais on ne commet de grandes fautes, que parce que l'on tombe dans de grandes erreurs de calcul, ou que les passions nous aveuglent, au point de ne pas appercevoir la suite et la fin de nos entreprises. Voilà la différence qui existe entre le sage et celui qui ne l'est pas : l'un ne se détermine à une action quelconque qu'après en avoir prévu et combiné tous les résultats, tandis que l'autre cède toujours à l'impression du moment ; et c'est précisément ce que je faisois : je quittois un séjour qui m'étoit odieux, pour suivre un amant que j'adorois, et avec lequel j'espérois passer quelques jours heureux. Je ne voyois rien de plus : enfin, ne m'en demandez pas davantage. Je n'entreprends pas l'apologie de ma conduite ; je ne l'expose au grand jour que pour la faire détester, et garantir du danger, s'il est possible, les innocentes victimes qui se trouveront dans les mêmes circonstances.

Le projet de Gréville étoit de se rendre dans la capitale. Cette ville immense

immense est le refuge de tous les vices. Là, confondu parmi une foule innombrable de citoyens sans cesse occupés de leurs intérêts et de leurs plaisirs, on peut plus facilement échapper à la curiosité publique, et surprendre la vigilance des lois. Y étant arrivés sans aucun accident, nous débutâmes sous le nom de marquis et marquise de Germini. Les titres ne coûtent rien à Paris, et ne laissent pas que de donner une certaine considération. Il y existe peut-être plus de faux comtes et de faux marquis, qu'il n'y en a de véritables dans tout le royaume; et j'en connois, qui, par l'habitude d'en porter le nom, ont fini par se persuader qu'ils l'étoient réellement, et l'ont assuré de bonne-foi. Nous étant pourvus de tout ce qui étoit nécessaire pour soutenir le rang que nous usurpions, nous parûmes avec éclat, et nous nous livrâmes sans retenue à tous les amusemens qui se présentoient et naissoient sous nos pas. Du château de Tessier, où, opprimée par la douleur et l'incertitude de mon sort, n'ayant pour toute distraction que la société d'un homme odieux que j'étois obligée de tromper, j'avois passé sans aucun intermédiaire dans la première ville de France : j'y vivois avec mon amant : je parcourois le cercle étendu de tous les plaisirs : je pouvois satisfaire ma vanité, mes fantaisies. Que l'on juge de ma position, de mon étonnement, de mon ivresse, sur-tout lorsqu'on s'étourdit entiérement sur l'avenir, comme je le faisois, et qu'on n'est affecté que par les sensations présentes. Ma santé étoit aussi brillante que mon ame étoit satisfaite, et jamais je ne parus si belle. J'étois remarquée dans tous les endroits publics : j'avois sans cesse autour de moi une cour nombreuse, et chacun envioit le sort du marquis de Germini. Quelle jouissance pour une femme ! il n'en est pas de plus vive, et rien ne peut lui être comparé. J'ai toujours aimé la musique passionnément ; et, dès ma plus tendre enfance, je m'en suis occupée avec quelques succès. L'Opéra étoit le spectacle que je préférois. La classe des amateurs étoit alors divisée par plusieurs factions, et sur-tout par deux partis nombreux. L'entêtement, et des habitudes particulières, plus que le sentiment, et la connoissance de l'art, excitoient des querelles qui avoient des suites sérieuses. J'assistai, sans aucune prévention, aux représentations des ouvrages immortels qui occupoient la scène lyrique, et avec l'intention de les classer dans mon esprit. L'un des compositeurs s'emparoit de tous mes sens, forçoit mon attention, élevoit, transportoit mon ame, tandis que l'autre la charmoit et lui faisoit éprouver de douces sensations. Les ouvrages du premier me paroissoient destinés pour produire de grands effets dont les ombres, même celles qui paroissoient défectueuses, étoient combinées avec un art infini, pour faire ressortir des beautés sublimes, et produire une magie inconcevable : les ouvrages du second, remplis de charmans détails, dans lesquels les chants les plus mélodieux étoient, pour ainsi dire, prodigués, me sembloient manquer dans l'ensemble et ne respiroient pas cette chaleur brûlante, ce feu électrique qui passe dans tous les cœurs, et y porte l'enthousiasme et le délire. Il n'étoit pas moins un grand homme à mes yeux, et digne de mon admiration.

Un célèbre écrivain qui a développé les élémens de la musique avec cette éloquence et cette énergie qui lui étoient naturelles, a établi une distinction dans les effets de la mélodie prise par le rapport des sons, et par les règles du mode, elle peut se borner à flatter l'oreille par des sons agréables, comme on peut flatter la vue par d'agréables accords de couleurs ; mais prise pour un art d'imitation par lequel on peut affecter l'esprit de diverses images, émouvoir le cœur de divers sentimens, exciter et calmer les passions, opérer en un mot des effets moraux, il lui faut chercher un autre principe. Ce second principe est dans la nature, comme le premier ; mais il suppose une observation plus fine, quoique plus simple, et plus de sensibilité dans l'observateur. C'est par la distinction de ces deux principes que je conçois comment un morceau de musique peut flatter davantage l'oreille, qu'émouvoir le cœur. Lorsque deux grands maîtres possèdent, dans un degré plus éminent, l'une ou l'autre de ces qualités, alors elle prédomine dans leurs productions.

Un homme d'un grand talent occupoit la scène comique, et personne n'avoit saisi comme lui, la gaieté et les graces qui lui conviennent. Ses compositions, remplies d'esprit, présentoient sans cesse des images variées qui exprimoient tout ce qu'il vouloit dire, et vous laissoient dans l'enchantement. Les musiciens, comme les peintres et les poëtes, ont un genre qui leur est propre ; et dans lequel on doit les juger. Les parallèles sont souvent déplacés et ridicules. Il faut jouir des diverses beautés qu'on nous offre, sans chercher à affliger, par une prévention injuste et barbare, des hommes de mérite qui consacrent à nos plaisirs leurs veilles et leurs travaux.

Le théâtre François, le spectacle de la nation, ne me fit pas éprouver toute la satisfaction que j'en attendois. Ce ne sont pas les ouvrages qui lui manquent. Tout le monde connoit les chef-d'œuvres dont il est enrichi ; mais il n'a pas un nombre suffisant de bons acteurs pour pouvoir les rendre. Des femmes maniérées qui ont une sensibilité factice, qui sont occupées de leur ajustement et du soin de se montrer avec grace, ne peuvent pas exprimer les grands mouvemens de la tragédie, ni exciter de grandes passions.

Insensiblement, tout ce que les sciences et les arts présentent de plus curieux et de plus intéressant, s'offrit à nos regards. Rien ne fut oublié, et je ne m'appercevois pas que le terme de nos moyens approchoit. Gréville commençoit à sentir tous les inconvéniens qui en résulteroient, et il devint triste et rêveur. Il ne me communiquoit aucune de ses craintes, mais je les devinois facilement, par l'altération de son humeur et de sa santé. Je n'osois lui en parler; la certitude de mes soupçons auroit troublé mes plaisirs, et je voulois éloigner cette époque funeste. Il soutint nos dépenses encore quelque temps, sans qu'aucune circonstance particulière me fît connoître sa véritable position. Un jour ne l'ayant pas vu depuis le matin, je me disposois à sortir, lorsqu'on vint m'annoncer que mon carosse et mes chevaux avoient été saisis par un créancier. Cette nouvelle fut un coup de foudre pour moi. Elle dissipa tout le charme de mon illusion, et j'apperçus, d'un coup-d'œil, l'enchaînement des malheurs dont j'étois menacée. Je passai le reste de la journée dans mon appartement, plongée dans une douleur profonde, et j'attendis en vain toute la nuit Gréville, qui ne parut point. Tourmentée par les pressentimens les plus sinistres, et le cœur déchiré par mille pensées accablantes, je ne m'arrêtois sur aucune, et ne prévoyois point le coup qui m'étoit porté. Cette nuit fut excessivement longue; et en mesurant la durée de ses intervalles, il me sembloit que je n'en verrois jamais la fin. A sept heures du matin, on me remit une lettre dont voici le contenu :

« Depuis huit jours, ma chère « Emilie, luttant entre la nécessité de « vous quitter ou de faire des bassesses « pour satisfaire mes créanciers et » fournir à vos besoins, j'ai éprouvé » des tourmens que je ne puis vous « exprimer : hier je vis le moment où « je succombois, et l'homme le plus « honnête alloit devenir un fripon, « si un dernier effort de sa raison ex- » pirante ne l'eut garanti. Je frémis « en me rappellant cette idée, et il ne » faut rien moins que le désordre « qu'elle met dans mon ame' pour « me déterminer à vous fuir ; c'est » un effort dont je ne me serois pas « cru capable. Adieu : plaignez Gré- ville ; il ignore encore où il va por- « ter ses pas. »

Voilà, m'écriai-je, la juste punition de mes fautes : l'amant le plus tendre, le plus passionné, après m'avoir entraînée pas à pas dans le plus noir des abîmes, m'y laisse seule, sans secours, sans ressources et sans espoir. Le traître a abusé de ma candeur, de ma foiblesse, et peut-être qu'à présent il me méprise assez pour être insensible à mes chagrins. Malheureuse Émilie ! que vas-tu devenir ? Où sont les êtres bienfaisans qui, dans cet état d'abandon, daigneront jetter sur toi un regard de pitié ?.... Je m'arrachois les cheveux, et je donnois les signes du plus violent désespoir. L'épuisement de mes forces, et un torrent de larmes lui succédèrent. Je commençai à voir, dans toute sa force, l'horreur de ma situation. On fut bientôt informé de cet événement. On accourt de tous les côtés pour me faire des demandes, et je promis de vendre tout mon superflu pour y satisfaire. Des êtres qui deux jours auparavant étoient à mes pieds, me parloient avec une dérision insolente, et j'étois déjà confondue avec les aventurières qui débutent dans le monde. Je fus d'autant plus sensible à cette humiliation, que je ne pouvois pas me dissimuler qu'elle ne fut mérité. On me signifia avec la même liberté, de quitter le beau logement que j'occupois. On s'empara de mes effets. On ne me laissa que ceux qui m'étoient d'une nécessité indispensable, et ce ne fut pas sans peine que j'obtins à l'extrémité de la maison, une petite chambre dans laquelle je pûs me soustraire à tous les regards, et cacher ma honte et ma douleur. Ce fut dans ce réduit obscur, qu'étendue sur un grabat, ne voyant qu'une femme arrogante qui m'apportoit, comme par pitié, quelques grossiers alimens, je sentis l'énormité de ma faute et le prix de mes sacrifices. Je me retraçai l'image du bonheur que j'avois goûté dans le sein de ma famille, lorsque chérie de tout ce qui m'environnoi , jouissant de l'estime des autres et de la mienne propre, ayant la paix et la tranquillité dans l'ame, je voyois s'écouler des jours pures et sereins, qui n'étoient troublés ni par la crainte, ni par les remords. Réflexions trop tardives; bien loin de me devenir utiles, vous me perciez le cœur, et vous mettiez le comble à mon désespoir!

Pendant que j'étois entièrement absorbée par ces diverses pensées, que je n'avois, pour ainsi dire, que le sentiment de mon existence, on vendoit les effets, les bijoux dont je m'étois parée avec tant de plaisir ; et comme Gréville ne m'avoit rien refusé, qu'il avoit satisfait tous mes desirs, ils suffirent pour acquitter nos dettes. Je touchai même quelqu'argent surabondant qui pouvoit me donner le temps de respirer et de réfléchir sur le parti que j'aurois à prendre. Je voulois d'abord écrire à ma mère, l'assurer d'un repentir sincère, et lui proposer de payer ma pension dans un couvent, où j'aurois été me dérober à tous les yeux et passer le reste de ma vie ; mais après une mûre délibération, ce sort me parut trop dur, j'étois jeune et jolie, je possédois tous les moyens de plaire, j'aimois naturellement le monde et ses agrémens. Ce goût étoit affoibli dans le moment où j'éprouvois un chagrin violent ; mais il reprenoit bientôt le dessus, lorsque mon ame étoit moins agitée, et j'avois de la peine à y renoncer. Le genre de vie que j'avois ménée, la jouissance de tous les plaisirs avoient enflammé mes affections qui étoient déjà vives, et le silence de la retraite me paroissoit l'image de la mort. Mon hôtesse, qui m'honoroit de quelques visites, depuis qu'elle avoit touché le montant de ses avances, me dit un jour, avec une franchise grossière : « Vous êtes une grande folle, Mademoiselle, de vous » affliger : on est riche, lorsqu'on a » une figure comme la vôtre, et bien » des femmes voudroient vous ressembler..... » Je ne fis d'abord aucune attention à ce discours ; cependant il me revint dans l'esprit pendant la nuit, et je desirai l'approfondir. Quoique je comprisse parfaitement ce qu'elle vouloit me faire entendre, je n'étois pas fâchée de connoître les moyens qu'elle avoit à me proposer. Un reste de pudeur me retenoit encore ; mon cœur se révolta d'abord de la négociation que j'allois entamer ; mais le tableau de ma situation étouffa le cri du sentiment ; et la suite de mon histoire prouvera évidemment que, lorsqu'on est entré dans le sentier du vice, on ne peut plus répondre de soi, ni poser le terme où l'on s'arrêtera : alors tout devient possible, et de chaîne en chaîne, de gradation en gradation, l'on se trouve au dernier degré du cercle, très-étonné d'y être parvenu. A mesure que l'ame se flétrit, elle devient de plus en plus foible et facile à succomber, en même-temps qu'on est, pour ainsi dire, emporté par les événemens. C'est donc le premier pas qu'il est essentiel de ne pas faire, et qu'il faut présenter à la jeunesse comme le plus grand de tous les malheurs, et celui qui annonce la perte des biens les plus précieux.

Le jour paroissoit à peine, que je fis appeler la personne officieuse, dont j'avois besoin. Je m'apperçus qu'elle se doutoit de mon dessein, par l'empressement qu'elle mit à se rendre à mon invitation. » Vous paroissez, » lui dis-je, vous intéresser à moi : » vous n'ignorez ni mes malheurs, » ni l'état affreux où je suis réduite. » Les ressources que je pourrois trou- » ver dans ma famille me sont inter- » dites : il ne m'en reste aucune, et » je n'en espère que de vos conseils...

» — Je ne puis vous répéter, made» moiselle, que ce que je vous ai dit: » lorsqu'on est faite comme vous, on » trouve facilement des amis qui vous » consolent et vous obligent.... — Je » ne demande pas mieux que d'avoir » des amis ; mais où les chercher ? » comment les trouver ?... — Made» moiselle, si vous voulez me donner » votre confiance, je me charge de » ce soin. Je connois beaucoup de » monde : des hommes de tous les » pays logent dans mon hôtel. Je vous » procurerai ce qui vous convient, et » vous ne serez pas la première que » j'aurai enrichie. « Je la remerciai, et l'assurai que je mettrois tout mon espoir en elle. Je ne tardai pas à sentir les effets de ses promesses ; car, dans le jour même, je vis paroître un grand homme, maigre, le teint basané, les yeux noirs et enfoncés, fort bien vêtu, qui m'aborda avec un air gracieux, je le fis asseoir pour entendre ses propositions. Il me dit qu'il avoit le désir le plus vif de me connoître; qu'il s'appercevoit qu'on ne l'avoit pas trompé, et que j'étois un ange qui ne méritoit pas d'être malheureuse. Mon embarras étoit extrême; mais comme mon parti avoit été pris avec réflexion, je ne fus pas tentée de revenir sur mes pas. » Il est » vrai, monsieur, que je n'étois pas » née pour être malheureuse, et je » n'ai point à me plaindre des ri» gueurs du sort, parce que c'est moi » qui suis la cause de mes peines; » mais tous mes regrets deviendroient » superflus, et vous n'êtes pas fait » pour les supporter.... « Ce début ne toucha pas infiniment le galant suranné à qui j'avois à faire, et ne lui fit pas perdre de vue le motif qui l'avoit amené... « Vous n'êtes pas » dans l'âge des regrets, mademoisel- » le; vous êtes dans l'âge des plaisirs : « ce seroit un mauvais calcul que » de passer, dans des plaintes inuti- « les, des jours destinés aux attraits » de la volupté : c'est la seule idole » à laquelle je sacrifie, et ne con- » nois pas d'autre bonheur... — Je » n'entreprendrai pas, monsieur, de » combattre vos principes : ce pro- » jet seroit inconséquent, et ne s'ac- » corderoit pas avec mes procédés ; » j'ai donné ma confiance à la per- » sonne qui vous envoie, et lui ai » fait connoître mes dispositions.... » M'est-il permis de vous demander » quel est votre dessein ?.... — De » vous adorer, belle enfant, et de

» chercher, à vous plaire. J'arrive » de l'Amérique, où j'ai acquis une » fortune considérable ; je viens jouir » du fruit de mon travail ; et c'est » un augure favorable pour moi, » que d'avoir commencé par vous » connoître. » Alors, m'ayant proposé des arrangemens qui me convenoient, et que je comptois accepter, je lui demandai quelques momens de réflexion, et je remis ma réponse positive au jour suivant. Il me parut affecté de ce retard, et me tint les discours les plus tendres. A peine il m'eût quittée, que mon hôtesse accourut pour me féliciter sur la conquête que je venois de faire, et sur la fortune qui m'étoit destinée. » M. Derigni est très amoureux de » vous, ajouta-t-elle; ne reculez pas » l'instant de votre bonheur ; il est

« excessivement riche, et, si cette « occasion vous échappoit, il vous « seroit difficile d'en trouver une sem- « blable. » Elle me montra les preuves de sa générosité envers elle, qui la rendoient si pressante. Je lui répondis que le temps que j'avois demandé pour me décider n'étoit pas long, et qu'elle pouvoit confirmer à M. Derigni les espérances que je lui avois données. Le lendemain il s'empressa de me voir, et le marché fut conclu : je dis le marché, par ce que c'est le terme propre pour exprimer ce commerce monstrueux, aussi humiliant pour celui qui donne, que pour celui qui reçoit. Me voilà donc intimément lié avec un homme que je voyois pour la seconde fois, dont je ne connoissois ni la naissance, ni la conduite, ni l'esprit, ni le cœur, ni les mœurs ; forcée de feindre l'estime, l'amour, la confiance, et des sentimens qu'on ne peut avoir qu'après un examen long et réfléchi : mais, dans ces sortes de liaisons, il est convenu qu'on se trompera réciproquement ; et la femme la plus habile, est celle qui en retire les plus grands avantages. La personnalité y existe toute entière, et sans aucune restriction ; l'un court après le plaisir ou une fausse vanité ; l'autre court après l'argent : tout ce qu'on fait de part et d'autre est relatif à ces objets, et l'on se quitte dès que l'un des deux vient à manquer.

On se doute bien qu'une maison montée, un carrosse, toutes les commodités, tous les raffinemens inventés par le luxe et la mollesse, me furent accordés promptement. En me dévouant à cet état avilissant, il sembloit que j'eusse abjuré tout sentiment d'honneur et de délicatesse. Je sentis naître une avidité dont je n'avois jamais eu l'idée : et, comme l'usurier le plus intrépide, je calculois toujours d'avance tout ce que je pourrois attraper. J'employois les cajoleries usitées, et qui produisent toujours leur effet sur des ames foibles et des cœurs corrompus. M. Derigni étoit âgé d'environ cinquante-cinq ans ; il avoit peu d'esprit, beaucoup d'amour-propre, et portoit le sentiment de son mérite à un dégré que je ne saurois exprimer. Il ne fut pas long-temps à se persuader que je l'adorois. Je profitai de son erreur pour satisfaire ma cupidité et toutes mes passion .

J'ai dit que mon Américain croyoit

être adoré ; cette prévention me permettoit de lui faire mille singeries qui amusoient les cercles où elles étoient rapportées. J'avois pris un amant véritable, c'est-à-dire, à qui je croyois être attachée, et qui ne me payoit pas ; car indépendamment de mon fermier en titre, j'avois des complaisances pour certains amateurs qui me faisoient des présens considérables, et me voyoient dans des momens perdus que je leur indiquois. Mon amant étoit un chevalier d'industrie, je crois, gascon ou normand, beau, bien fait, se disant d'une naissance illustre, espérant des biens considérables, et n'ayant jamais le sol, grand parleur, se vantant sans cesse, et en attendant ses successions, prenant des avances sur celles des autres. Il m'aidoit à dépenser une partie de mon revenu, et je me dédommageois avec l'homme que j'achetois, de l'ennui que me causoit celui à qui j'étois vendue. Un jour ayant appris que son rival devoit donner, chez moi, un souper élégant à deux nymphes de mes amies, il prétendit l'en exclure d'une manière plaisante, et occuper sa place. Voici le tour que nous imaginâmes : je dis à M, Derigni, qu'un de mes frères, gendarme et garçon très-brutal, étoit arrivé à Paris, et m'avoit fait une visite; que soupçonnant ma conduite par mes dépenses il s'étoit mis dans une colère épouvantable, et m'avoit fait essuyer les reproches les plus sanglans, en m'assurant qu'il viendroit me surprendre dans des momens où il ne seroit pas attendu. J'ajoutai qu'heureusement il ne feroit à Paris qu'un séjour très-court, et je changeai de conversation. Après avoir passé la soirée au spectacle, nous rentrâmes pour recevoir nos convives. A peine nous étions à table, qu'on heurta à la porte avec violence; je devins pâle et tremblante : « Ciel ! m'écriai-je, c'est » mon frère qui vient me faire une » scène, comme il m'en a menacée; » je tremble pour vous, monsieur; » je crains que vous ne soyez com- » promis; cachez-vous dans ma » chambre à coucher.... Mais non; » il est capable de visiter par-tout...». Le bruit redouble, et on entend la voix d'un homme qui s'impatiente.... » Monsieur, je suis perdue, si vous... » Tenez, endossez promptement l'ha- » bit de livrée de la Fleur... «. M. Derigni suit mon conseil, et on ouvre. Mon prétendu frère entre avec l'uniforme de gendarme, et une longue épée sous son bras. Il murmure de ce qu'on l'a fait attendre, et s'étant mis à table, il goûte de tous les mets : le véritable Amphitrion s'étoit placé derrière lui, et le servoit ; les deux convives qui étoient de la confidence, se pâmoient de rire, sur-tout lorsque mon frère lui reprochoit qu'il ne savoit pas servir, et l'accabloit d'injures. Mon amant portant livrée étoit dans l'enchantement, et se persuadoit que le gendarme étoit l'objet de nos ris et de nos plaisanteries. Ce dernier voulant rendre le jeu complet, me dit d'un ton sévère, que devant partir le lendemain de grand matin, il désiroit m'entretenir en particulier : alors d'un air sérieux, j'en demande la permission à la compagnie, et je le conduis dans mon appartement, où nous restâmes enfermés pendant quelques ins-

» ment une potion que vous prendrez » dans votre lit, et qui produira les ef» fets les plus salutaires. « — Il a rai» son, dit M. Dérigny, et je veux » vous laisser tranquille. Monsieur » vous paroît très-attaché; je vous » exhorte, mon enfant, à faire tout » ce qu'il vous prescrira... — Oui, » je vous le promets.... « Avant qu'il me quittât, je le pris en particulier, et le priai de donner quelques preuves de reconnoissance au docteur qui m'avoit sauvé la vie, par le prompt secours qu'il m'avoit apporté. M. Derigni trouva ma demande raisonnable, et en sortant il lui glissa une bourse qu'il eut de la peine à accepter... Bientôt après mon docteur revint dans un équipage plus leste, et nous passâmes ensemble une soirée délicieuse, disant et faisant mille folies.

Quelque temps après j'eus à me plaindre d'une femme qui avoit parlé indiscrètement sur mon compte, et je voulus m'en venger. Le marquis de Plantade avec qui j'étois liée, lui avoit fait sa cour sans succès, parce qu'elle avoit des prétentions ridicules qu'il n'étoit pas en état de satisfaire. Un jour qu'il m'en faisoit la confidence : » Vous êtes un imbécile, lui » dis-je, et madame Dufresni est une » précieuse à qui il faut faire une a- » trocité, et surprendre, sans aucun » salaire, les faveurs qu'elle veut » vous vendre aussi chèrement. Lais- » sez-moi y réfléchir ; elle n'a per- » sonne dans ce moment, et je vais » tracer un plan dont je vous instrui- » rai lorsqu'il s'agira de le mettre en » exécution. Je commençai à faire des avances à la beauté que je voulois tromper, et l'ayant attirée chez moi, je la comblai de caresses et de protestations d'amitié. Elle en fut entièrement la dupe, et me donna toute sa confiance. Dans une suite de conversation où nous avions épuisé divers sujets, » A propos, lui dis-je, il me » semble que le marquis de Plantade » vous a rendu des soins; pourquoi » ne l'avez-vous pas écouté? Il vous convenoit parfaitement. — Non, ré- » pondit-elle, il est sans fortune, et » il faudroit me borner aux appoin- » temens et aux dépenses d'une petite » bourgeoise; ce que je ne ferai sûrement pas... -- Je vois bien, ma chère, que vous ne connoissez ni les facultés ni les manies du marquis de Plantade : il est riche, sa folie est de le cacher, et de vouloir qu'une femme l'aime pour lui et sans intérêt :

lorsqu'il est parvenue à lui inspirer de l'amour et qu'il en est convaincu, il lui donne avec profusion ; j'en connois une qu'il a enrichie de cette manière, et qu'il a quittée par des raisons particulières. C'est d'elle-même que je tiens tous ces détails ; profitez de cet avis, réglez votre conduite sur la connoissance que je vous donne de son caractère, et vous vous en trouverez bien ». Elle me remercia beaucoup ; elle crut même reconnoître des preuves de ce que je lui disois, dans divers traits dont elle se rappeloit. Le Marquis fut instruit de mon projet, et se conduisit en conséquence. Lorsque madame Dufresni le rencontra, elle lui fit des agaceries, et ayant lié conversation avec lui, elle lui confia que son cœur n'étoit pas satisfait, que jusqu'alors elle l'avoit sacrifié à l'intérêt l'intérêt et aux convenances ; mais qu'ennuyée d'un emploi aussi pénible, elle sentoit vivement le besoin d'aimer, et qu'une liaison avec un homme estimable a qui elle ne s'attacheroit que pour ses qualités personnelles, feroit le bonheur de sa vie : elle mêloit dans ses discours, des regards tendres qui annonçoient son dessein. Plantade se tint en réserve, et la laissa soupirer pendant quelques jours ; mais à la fin, craignant qu'un éclaircissement imprévu ne vînt le traverser, et terminer ce Roman plutôt qu'il ne l'auroit voulu, il soupira à son tour. La gradation du sentiment fut suivie dans toutes les formes ; le rendez-vous décisif fut donné et accepté, et mon ouvrage se trouva accompli. Plantade, en quittant son amante sensible, l'invita à dîner chez lui pour le lendemain, et lui proposa de m'y mener en lui laissant l'adresse d'un hôtel superbe qu'il avoit emprunté de l'un de ses amis : madame Dufresni vint me prendre, nous nous rendîmes au lieu indiqué, et nous fûmes reçus par le marquis dans un appartement richement meublé. Quelques personnes qu'il avoit invitées et prévenues de la plaisanterie s'y trouvèrent ; on nous donna un excellent dîner, servi en vaisselle plate par un nombreux domestique, et tout ce qui peut annoncer le luxe et l'opulence fut étalé à nos yeux. L'héroïne de la fête étoit dans l'enchantement, et ne savoit comment l'exprimer. Elle me regardoit sans cesse ; elle me serroit la main, et sembloit me dire : tous ces biens sont à moi, c'est à vous que j'en ai l'obligation. J'avois de la peine à me contenir, et à ne pas découvrir le mystère par mes folies. La journée se passa gaiement de part et d'autre. Le marquis trouva le moyen de faire quelques absences avec sa belle qui cherchoit à deviner, dans ses yeux tous ses desirs, à la fin on se sépara. Lorsque je fus seule avec madame Dufresni, elle me sauta au col : » l'empressement du marquis à se montrer tel qu'il est, dit-elle, prouve assez ses dispositions à mon égard ; je n'oublierai jamais ce que je vous dois ; vous serez la cause première de ma fortune... — Je vous dispense de la reconnoissance ; je n'ai été inspirée que par mon tendre attachement pour vous, et je partage sincérement toute votre satisfaction ». Nous nous quittâmes en nous renouvellant les assurances de la plus vive amitié. Le lendemain, madame Dufresni ne vit point le marquis de Plantade, et ne reçut aucun signe de sa part : elle vint chez moi ; on lui dit que j'étois sortie. Deux jours après, n'ayant ni vu le marquis, ni entendu parler de lui, elle trouva cette conduite fort étrange après ce qui s'étoit passé ; et voulant éclaircir les soupçons qu'elle commençoit à former, elle se rendit à la porte de l'hôtel dont elle avoit cru prendre possession, et demanda le marquis de Plantade. Le suisse lui ayant répondu qu'il n'y logeoit pas, et lui ayant donné son adresse véritable, elle y courut ; mais le marquis n'étoit pas visible pour elle. Ses soupçons alors devinrent des certitudes. Elle revint chez moi pour approfondir ce qui pouvoit encore lui paroître obscur, je ne fus pas plus visible pour elle que son perfide amant; mais mon portier lui remit le billet suivant.

» Vous êtes dupe, ma divinité; et c'est moi qui ai dressé le piège dans lequel vous êtes tombée aussi maladroitement. Je vous en voulois depuis long-temps, parce que vous m'avez déchirée, et voulu me nuire, sans aucun motif; c'est une leçon qui doit vous rendre plus circonspecte: profitez-en, et ne vous jouez pas à moi davantage: vous voyez, par cet aveu, que je vous attaque en brave, et que je ne vous crains pas. »

La Dufresni devint furieuse de se voir ainsi trompé. Elle vouloit me voir, malgré les efforts du portier pour l'en empêcher. Ne pouvant mieux faire, elle se contenta de l'accabler d'injures, et prit son parti.

Cette histoire fût bientôt répandue, et la Dufresni devint la fable de toutes les sociétés. Lorsque, par hasard, je la rencontrois, elle me lançoit des regards épouvantables qui m'auroient arraché l'ame, s'ils en avoient eu le pouvoir. Plantade, qui, s'étoit amusé de cette aventure, n'eut pas lieu de s'en réjouir long-temps, par les suites funestes qui en résultérent pour lui, sa santé en fut très altérée. Cette vengeance auroit pu suffire à son ennemie; mais elle n'en fut pas satisfaite, puisque je n'y étois pas comprise, elle se promit bien de me faire éprouver les effets de son ressentiment.

Je renonçai à tous ces jeux, pour m'occuper sérieusement d'un projet, auquel je pensois depuis quelque temps, L'état de courtisane me déplaisoit infiniment. Le sentiment n'étoit pas tout-à-fait éteint dans mon cœur. J'étois dans un engourdissement qui ressembloit à la mort; mais je revenois quelquefois à la vie; et semblableàces fous qui ne sont jamais plus malheureux que dans les courts instans où ils jouissent de leur raison, je voyois alors, dans toute leur horreur, les humiliations auxquelles j'étois exposée. Avec de la naissance, de la fortune, et tous les avantages que j'avois reçus de la nature, j'aurois pu jouer un rôle intéressant dans le monde, tandis que j'étois parvenue, par ma faute, au dernier degré d'avilissement. Lorsque je me livrois à ces réflexions cruelles, elles déchiroient mon ame, et j'étois forcée de m'étourdir, en me replongeant dans le tourbillon par lequel j'étois emportée.

Je voulois profiter de l'empire que j'avois pris sur M. Derigny, pour le déterminer à m'épouser, et à prendre un établissement dans une province éloignée, où ma conduite passée étant ignorée, j'aurois pu prétendre à la considération publique, qui est la première de toutes les jouissances. J'avois déjà jetté les fondemens de cet édifice, et entrevu de la possibilité à le conduire à sa perfection. Je préparai tous les ressorts dont j'avois besoin, et je les fis jouer en même temps. Comptant entièrement sur l'attachement de M. Derigny, je finis par l'assurer, après un combat qui avoit duré plusieurs mois, que, dans mes dispositions présentes, et après de mûres réflexions, le parti que je lui proposois, ou celui de la retraite, étoit le seul qui me convînt, et que, s'il me laissoit prendre le dernier, ce seroit une preuve convaincante qu'il ne m'aimoit pas. Les caresses, les larmes, les soupirs, ne furent pas épargnés : enfin, j'eus la douce satisfaction d'obtenir ma demande, et il ne s'agissoit plus que de prendre les mesures convenables pour son exécution. J'écrivis, sans perdre un moment, à une de mes anciennes amies, pour lui faire part de cette nouvelle, et pour la prier de me faire passer le consentement de ma mère, à qui je faisois demander la permission de rendre mes devoirs. J'appris, par sa réponse, que cette malheureuse mère étoit morte de chagrin, et que M. Tessier, qui l'avoit obsédée jusqu'à son dernier soupir, avoit pris possession de ses biens, en vertu de sa donnation, à laquelle elle étoit autorisée par la loi. On me manda aussi que Gréville avoit été enfermé par une lettre-de-cachet que sa famille avoit obtenue. Après avoir consacré quelques regrets et quelques larmes à ces tristes événemens, je m'en consolai, par l'idée que je devenois ma maîtresse, et qu'aucun obstacle ne pourroit désormais traverser mon bonheur. Il se formoit, d'un autre côté, un orage que je ne prévoyois pas, et qui étoit sur le point d'éclater. J'avois oublié l'aventure de madame Dufresni; mais elle étoit profondément gravée dans son cœur ulcéré. Depuis ce moment, elle ne cessoit de prendre des informations sur mon compte, de mettre des espions sur mes pas et, ayant excité tous ses amans à la poursuite de son injure, elle parvint à découvrir les tromperies que j'avois faites à M. Derigny, et le rival qui en étoit l'objet ; elle trouva le moyen d'attirer ce dernier chez elle, et de lui inspirer du goût. Madame Dufresni étoit d'une charmante figure, et elle réussit d'autant plus facilement, que, depuis mon projet de mariage, j'avois négligé de procurer à mon chevalier l'aliment qui entretenoit son amour. Il *se* prêta à ses desirs, et remplit, sans scrupule, les conditions qu'on lui imposa, qui consistoient à faire le sacrifice de mes lettres. Lorsque madame Dufresni eut entre ses mains ce dépôt précieux, elle courut chez M. Derigny pour lui en faire part : elle ne manqua pas de lui raconter tout ce qu'elle avoit appris, et de lui faire remarquer sur-tout ce fameux billet, où j'engageois mon perfide à prendre le masque de médecin pour concourir à mes vues. M. Derguy ne pouvoit revenir de sa surprise ; mais enfin, convaincu par des preuves aussi authentiques, il me signifia mon congé par écrit, et prit même la peine de m'instruire des détails que je viens de rapporter. Sa lettre étoit conçue de manière à ne me laisser aucune espérance. Je ne pouvois pas me dissimuler mes torts, et M. Derigny y fut d'autant plus sensible, qu'il les avoit moins mérités. Je ne tentai aucun moyen pour le faire revenir, persuadée qu'il auroit été inutile. Je me contentai de me repentir de mes imprudences, et de gémir sur mon sort. Madame Dufresni prit sa revanche, et répandit par-tout l'échec que je venois d'essuyer dans le moment où je prétendois faire allumer le flambeau de l'hymen. Je devins, à mon tour, la risée du public, en attendant qu'une autre se mît à ma place.

Il en est d'une femme du monde, très-jolie, comme d'une riche héritière ; les partis se présentent en foule, et elle est bientôt pourvue. J'avois de la réputation dans cette classe, et malgré les perfidies qu'on pouvoit me reprocher, une foule de soupirans brigua mes faveurs.

D'Arboval, un Crésus du siècle, fut celui qui poussa les argumens les plus irrésistibles, et qui obtint la préférence. C'étoit un homme de soixante ans, éuormément gros, pouvant à peine marcher, sans esprit et sans connoissance, n'ayant que le talent d'amasser un trésor. A force d'avoir été flatté et encensé par les ames viles qui avoient besoin de lui, il se croyoit un homme très-important, et s'étoit habitué à un ton d'arrogance qui perçoit dans tous ses discours. Je m'accoutumai à sa manière, et j'eus bientôt saisi le genre qui lui convenoit. Il avoit un neveu qui, dans les intervalles de la négociation, m'avoit fait des visites : c'étoit un de ces jeunes libertins charmans, sans mœurs et sans principes, ne sacrifiant qu'à l'idole du plaisir, se permettant tout, et hasardant les propos les plus extraordinaires, sous des formes plaisantes qui les faisoient passer. » Prenez mon » oncle, me disoit Dorville ; malgré » son air brusque, c'est le meilleur » homme du monde, et vous le trom» perez à ravir ; il vous paiera bien, » vous aimera mal, mais je m'offre à » le remplacer de ce côté-là, et si vous » voulez je vous aimerai pour lui et » pour moi. « Lorsque ma liaison fut formée, Dorville continuoit à me voir, et m'amusoit infiniment.

Il me faisoit une cour assidue, et possédant à fond l'art de la séduction, je ne fus pas cruelle; il s'établit entre nous une confiance entière, et comme il faisoit des dépenses énormes, et que les sommes que lui donnoit son oncle ne lui suffisoient pas, je lui en procurois de plus considérables; je me conduisois d'après ses principes, et mes démarches étoient toujours suivies d'un succès complet. Nous vécumes ainsi, assez long-temps, sans aucune traverse. Il logeoit chez son oncle, et connoissant tous les instans où il se rendoit chez moi, il avoit soin de ne pas s'y trouver, et d'éviter, tout ce qui auroit pu lui donner de l'ombrage. A mesure que j'approfondissois le caractère de Dorville, que je développois les replis de son cœur, je crus m'appercevoir qu'il étoit extrêmement vicieux et capable de scélératesse. Cette découverte me fit une véritable peine. Il portoit l'amour de lui-même à un degré si excessif, que si, pour assurer son bonheur, il eût fallu sacrifier celui du monde entier, en égorger même une partie, il l'auroit fait, s'il l'eût pu, sans inconvénient. Il se préféroit à tout, et n'étoit jamais contenu que par le calcul des risques mis en opposition avec celui des avantages. D'après ce systême, on voit qu'il étoit un monstre. Je sentis qu'il falloit ménager un homme de ce caractère, et ne pas rompre avec lui ouvertement. Je lui conservois en apparence le même attachement ; mais je désirois vivement en être délivrée par un hasard heureux. Depuis quelque temps, Dorville faisoit au jeu des pertes considérables ; il avoit pris des engagemens de toute espèce, et les ressources que je lui avois procurées n'avoient pas suffi pour les remplir. Comme il me confioit tous ses secrets, il me faisoit, dans cette occasion, des visites plus fréquentes pour m'en entretenir, et je lui trouvois un air égaré, qui me faisoit naître des soupçons et des craintes, dont je ne faisois encore aucune application. Plusieurs jours se passèrent dans cet état. Un matin, m'étant éveillée plutôt qu'à l'ordinaire, avec un sentiment de tristesse et de mélancolie que je n'avois jamais éprouvé, je m'abandonnois dans mon lit à mille réflexions sinistres, lorsque tout-à-coup on ouvre ma porte avec fracas, et l'on m'apprend la mort subite de Darboval, que j'avois laissé la veille en parfaite santé. Ma première pensée en accusa Dorville : le malheureux, me dis-je, l'aura empoisonné pour jouir de sa fortune. Je me levai à la hâte; je courus á son hôtel, où je trouvai l'alarme répandue : je demandai Dorville; il s'étoit enfermé dans son appartement, ne voulant voir personne et affectant la plus vive douleur. Cette nouvelle devint bientôt publique, et occasionna des bruits qui méritèrent l'attention de la justice. Dorville et tous ses gens furent arrêtés, et conduits au châtelet. J'étois seule chez moi, m'attristant sur cet événement, et très-éloignée d'imaginer qu'il me deviendroit aussi funeste, lorsque je fus arrêtée à mon tour par ordre du roi. On avoit trouvé dans les papiers de Dorville des preuves de mes liaisons avec lui; ce qui lui avoit suffi pour s'assurer de ma personne.

Que l'on juge de mon trouble et de mon désespoir ! mes larmes et mes protestations d'innocence devinrent inutiles. Je fus conduite en prison comme une criminelle, suivie d'une foule immense qui vouloit voir ma figure, on m'enferme dans une chambre noire dont l'aspect m'épouvante encore, et me cause des convulsions. On mit une barrière insurmontable entre le genre humain et moi, et pendant long-temps un triste et sévère géolier fut le seul être qui vint s'offrir à mes yeux. Si quelque chose pouvoit me consoler et ranimer mon espoir, c'étoit le sentiment de mon innocence ; il m'empêcha de succomber à ma douleur. Les punitions qui ne sont pas méritées, quelque différentes qu'elles soient, n'humilient point, et le conpable qui est dans les fers, se trouve plus dégradé par son crime, que par les signes qui l'annoncent. Je subis plusieurs interrogatoires ; mes réponses étoient toujours les mêmes, et je n'avois pas besoin de les préparer : elles se réduisoient toutes à un seul point : s'il étoit vrai que Darboval eût péri d'une mort violente, je n'en avois nulle connoissance. La vérité a toujours un caractère et une expression qui lui sont propres, et que les magistrats habiles et clair-voyans savent distinguer. Je tâchai de lire mon arrêt dans les regards et dans les gestes de mes juges, et je crus entrevoir que cette affaire n'auroit pour moi aucune suite fâcheuse. Quelqu'attention qu'ils aient à ne pas laisser deviner leurs pensées et leurs sentimens, il est difficile que quelques indices ne parviennent jusqu'à ceux qui ont un grand intérêt à s'en instruire. Il éxiste un langage muet, exprimé par tous les signes extérieurs, qui tient à l'ame par des ressorts imperceptibles, et transmet son impression à un observateur profond.

Cependant, comme les formes sont extrêmement longues, mon innocence ne fut reconnue, et je n'obtins ma liberté que six mois après; mais, dans les derniers temps, il m'étoit permis de voir du monde; j'appris qu'on n'avoit pas trouvé des preuves suffisantes pour convaincre Dorville du forfait qu'on lui avoit supposé, mais que les indices avoient été assez forts pour le faire condamner à une prison perpétuelle.

Pendant ma captivité, je m'étois livrée à des réflexions sérieuses. Cet événement m'avoit fait une vive impression, et avoit changé toutes mes dispositions. La satiété du plaisir, et le vide immense qu'il laisse, les peines et les tourmens qui en sont inséparables, les remords de ma conscience, les principes de mon éducation, la voix du sentiment qui se faisoit encore entendre; tous ces motifs semblèrent se réunir, pour m'inspirer le dessein de renoncer entièrement à mon genre de vie, et d'effacer s'il étoit possible, par une conduite tout-à-fait opposée, la tache dont je m'étois couverte. Le tableau riant de la campagne, le spectacle de la nature, les ressources de la lecture et de la philosophie, ces images se présentèrent à mon ame avec tous les charmes qui les embellissent je fus dévorée du desir de m'en procurer une prompte jouissance. Malgrè mes dépenses excessives, il me restoit assez de bien pour pouvoir me passer de tous les secours étrangers. Je formai le projet de vendre mes diamans, tous mes meubles, et de faire l'acquisition d'une maison de campagne, éloignée du théâtre de mes folies, où je pourrois goûter tranquillement le bonheur que je me promettois. Le premier usage que je fis de ma liberté, fu de travailler à ces divers arrangemens, Le séjour de la Capitale m'étoit devenu insupportable. La seule idée des amusemens qui m'avoient le plus flattée, me causoit des sensations pénibles et douloureuses. Je m'enfermai, et ne vis aucune de mes connoissances. Ayant mis la plus grande célérité dans l'execution de mon dessein, je fus bientôt en état de partir pour le lieu de ma retraite, où j'espère rendre mes dernièrs soupirs. C'est ici que j'éprouve une nouvelle existence, que je commence, pour ainsi dire, une nouvelle vie qui sera mille fois plus heureuse que celle que j'ai passée, et qui a été si orageuse.

FIN.

www.ingramcontent.com/pod-product-compliance
Ingram Content Group UK Ltd.
Pitfield, Milton Keynes, MK11 3LW, UK
UKHW021230230726
13926UKWH00003B/1346

9 782014 100419